HK theatre company since 2003

windmillgrass theatre

We are not huge / We just aim at reaching the best in the worst circumstances / That's why we believe in miracles / That's why beauty can be created / Theatre is a place for spiritual exchange / Drama is a diary which records the lost affections in life

ArYU——繪畫
COMEDY

原著故事

梁祖堯 阮韻珊

阿龍、Amy，我返嚟啦！
嗱！報名表喺度！

嘩！宮雪花！正呀！
阿周生，呢本嘢十年前嘅。
咁裏面又點會有「未來偶像爭霸戰」嘅表格呢？

咁佢話要亞視周刊嘛！點知已經停咗刊好耐，我喺鴨寮街搵咗好耐先搵到㗎！
咁你又唔早講？
我有講㗎！係你唔聽人講嘢咋！

夠～啦！
我就嚟俾你哋累死啦！
家下我冇得做明星喇！
其實……贏咗都唔代表做到明星啦！
比賽贏輸唔緊要㗎，同你哋一齊練歌跳舞，我已經覺得係最開心㗎啦！
與其咁麻煩，不如我哋放棄啦，呢個世界有幾多個梅艷芳啊？
我唔會放棄囉！我睇過我自己條命，最終一定會
做。明。星！
哼，隻歌處理上我諗過㗎啦！
最尾嗰句我和你哋啦！
你識唱和音？
好難㗎喎。
呀其實唔難㗎，
唱歪小小就係㗎啦，我示範你地聽——
是一恭離日希～
吔斯味～～
……

Hello！

你哋唱歌好好聽呀！

阿～成♡

你嚟呢度做咩啊～？

喂！點解你嗌佢嘅時候咁嘅樣嘅？

你嗌吓我丫？

周世祥。

個態度完全唔同嘅。

咁你睇路。
我算過，佢條命係「劏豬欖」
坐邊個，死邊個！
阿龍，你屋企做殯儀嘢，都唔好咁迷信啦！
黃樂成，
我上次咪講咗無你份囉！
但係我都好想加入呀！侵埋我玩吖！
唔得呀！我哋夠人喇！
你去搵其他friend啦！
你咪我啲friend囉。
嗚哇！

到而家啦！
求下你啦！
嗱～阿成。

我哋三個就係一個組合嚟嘅。
我哋會跳《紀念日》，係得三個人㗎咋！

我最鍾意就係跳舞㗎啦！
你識跳舞？

我一聽到音樂，身體每條肌肉就自己郁㗎啦！

真係好free好開心㗎！
喂我哋唔係參加土風舞啊，
大佬！
跳第二啲我都得㗎！
我咩舞都識跳㗎！
你哋侵埋我玩啦！
四個人可以跳《火熱動感LALALA》吖！

周仔識音樂就係梁漢文，

得一個女仔，Amy梗係Sammi啦。

喂！

你，偶像派吖嘛，許志安囉。

我有名你叫，咪做城城囉！

呀…

又真係跳得好睇喎！
好man呀！

繼續呀！
我未嗌停
唔準停呀！

宜家跳
芭蕾舞版嘅！
哈哈！
喂，
轉拉丁舞！
好騎呢呀！

跳泰國舞！
哈哈哈！
好搞笑呀，
阿成！
俄羅斯舞！
俄羅斯舞！

喂…成成，你個口嗰啲咩嚟㗎？
唔係嗬，白色嘅？
個口流汗，我都真係第一次聽嗬。
汗！係汗！
唔係嗬……你嘔白泡嗬。
不如你停啦！你越嘔越多呀！
唔准停！繼續跳！
如果你可以連續跳半個鐘唔喘氣唔嘔白泡，
我就考慮吓俾你加入！

……
……

喂，你睇吓你個契老公啦！
黐線，講吓咋嘛！
喂！起身喇黃樂成，唔好扮嘢喎！
無晒反應……郁都唔郁嘅？

仆街，

喂……死咗？

「中學生夜闖學校，瘋狂飲酒後猝死」
「死因庭裁決出爐，中學生死於不幸」
「三名涉案學生難辭其咎！校園欺凌必須關注」
「荒謬！涉案學生校園靜坐絕食悼念，一周後被開除！」
我好難過。
但係實在冇嘢可以做到。
聖賢中學學生校內猝死風波

BLACK COMEDY

DI-DAR

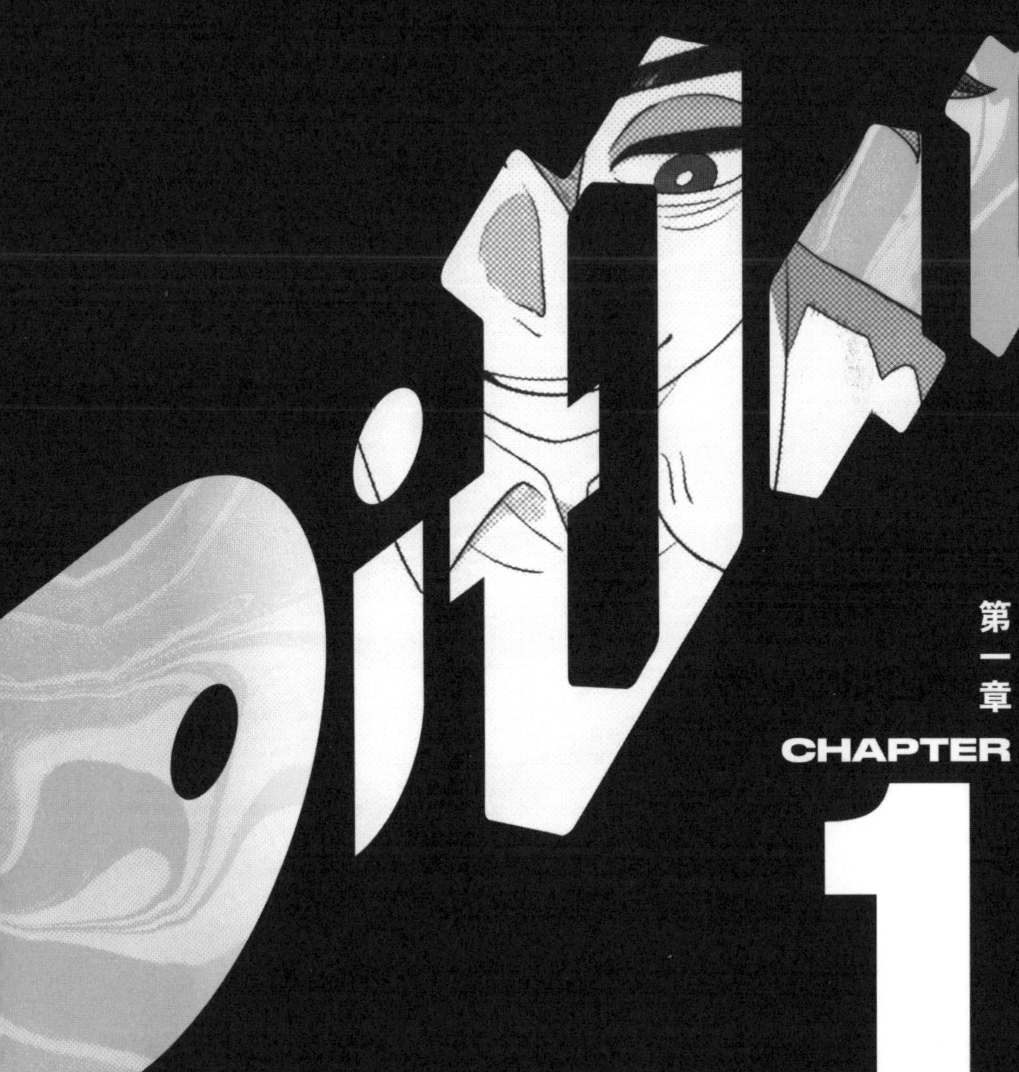

第一章

CHAPTER 1

多年後——

嗚哇～！

……

唔通係師兄師姐成日講果隻跳舞冤魂？

聽過學校一有人跳舞就會出沒。

咪喇！

快啲執嘢走先。

……
……
……
……
……龍……
……龍……
……天震……

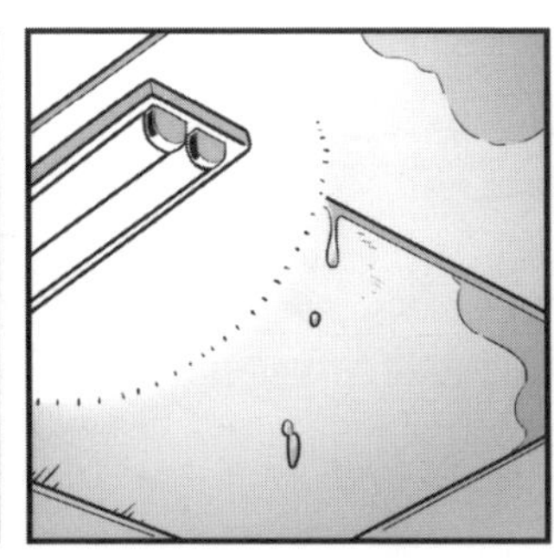

咳唔~

校長，各位老師，各位同學早晨。

程序一，早會。

一陣間，我哋……！
4D羅日謙！
合埋你嘅嘴巴！
我唔要再聽到有聲音！
另外6C趙暮蓮！
你唔好再偷食杯麵！

上次早會你食咗成個鳳爪排骨飯已經兩個缺點喇！
而家再加埋就記一個小過！

全部坐低！

……
程序二，唱校歌，

請各位老師同學站立。
程序三，校長發言。
有請校長。

各位同學早晨。
校長早晨！
校長知道大家都好辛苦，
今日落雨天花板滲水，
冷氣機又壞晒，
個地又爛晒。

但係我哋冇資金去維修。
學校殘到咁，
又點會吸引到新生加入我哋聖賢呢個大家庭？

我每日都祈禱，
終於喺天主嘅恩典底下，
我收到一個感召。
我，
要為國家做啲嘢！
大家都愛國㗎係嘛？
大聲啲！唔洗收埋㗎！

嚟緊我哋將會成立一個中。樂。團！
我哋申請咗一筆資助去弘揚中國文化，
只要做到一場超過一百個觀眾嘅校外表演，

就會有錢去維修學校！
邊個想參加中樂團？
請踴躍舉手！

既然係咁，為咗鼓勵大家，
Miss Tong，
不如為大家介紹以下嘅「限時優惠」方案？

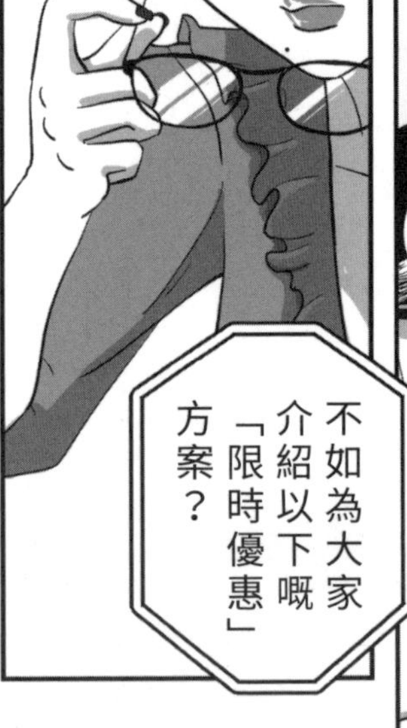
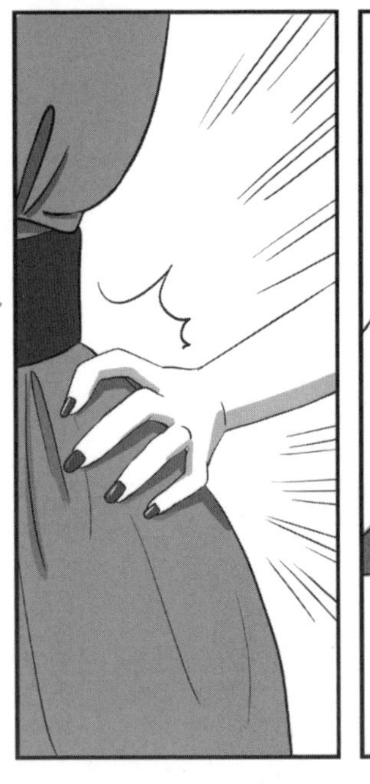

好消息！好消息！
但凡有記過記缺點嘅同學仔，
務必要留意嚟緊嘅限時優惠喇！
現凡參加中樂團嘅同學，
大過
小過
缺點
優點
喺優惠期間，孖住嘅大過會變小過，
小過變缺點，缺點甚至會變成優點添。
名額有限，大家記得踴躍報名喇～

嗱！大家唔好放棄呢個咁難得嘅限時優惠～
今日，我哋好榮幸，
請到一位Di Dar樂手⋯
嗩吶！
嗩吶!!
係，嗩吶。
為我哋現場獻奏一曲。
我相信大家一定會聽出耳油！

好！有請穿梭各大殯儀館
香港首屈一指嘅嗩吶大師，
劉師傅！
一陣間我會為大家吹奏嘅，
係嗩吶裡面其中一首名曲《百鳥朝鳳》。
各位同學你哋好，
我都有啲緊張，
因為呢次係我第一次離開殯儀館嘅表演。

安靜、安靜！
中繼用耳聽就得㗎喇！
燈光係影響唔到嘅！

!?

!!

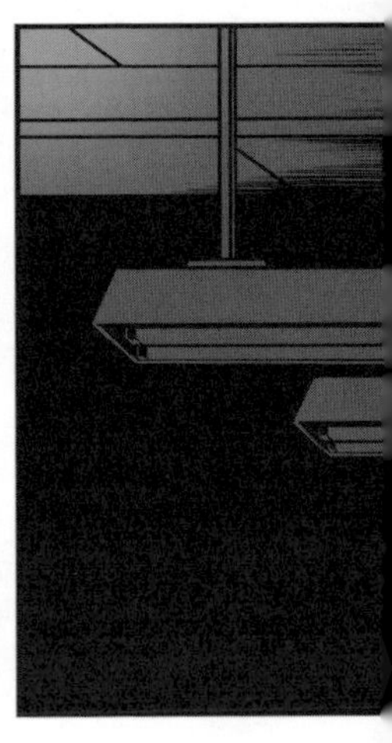

呀——

……

!

有⋯⋯
⋯有鬼呀～～～

大家冷靜！唔好驚⋯

呀——

⋯⋯

⋯⋯⋯龍～
⋯震～⋯天～
⋯咦？

⋯老豆個名？

呀～～

人生真係好難……
……好難。

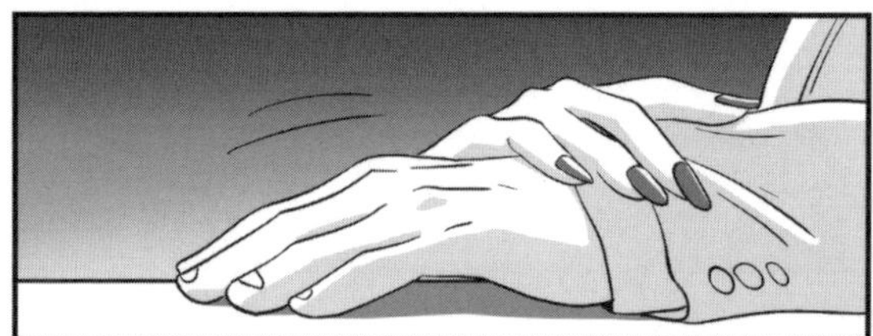

妳話係唔係？
……咳咳！我覺得幫你執嘢難啲囉……

上次我唔見咗果個胸圍你搵返未呀？
其實係我攞咗返屋企。
對唔住，瞞咗你咁耐。
俾人搵到就煩喇。
吖～你係臭薯條吖！
我太掛住妳喇，辣雞包～
唔要辣雞包啊！
核突啦你。
改過第二個花名呀。
唔要辣雞包！
你話點就點啦。
辣雞包。

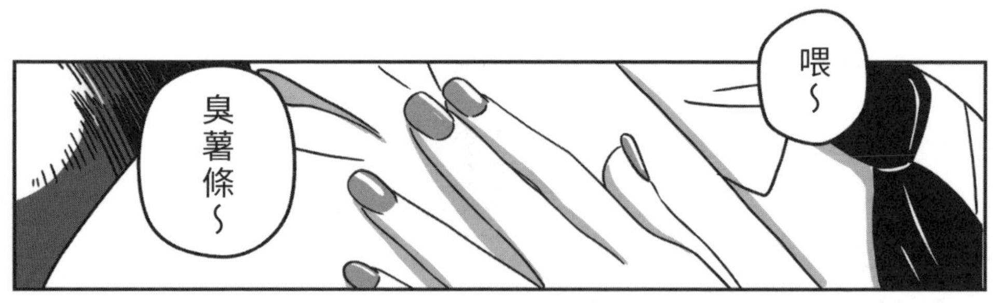
喂～
臭薯條～

禮堂有鬼件事點好？
我都諗緊……不如搵個師傅搞搞佢……
好猛呀！

啊！
咁就搵成日上電視講鬼嗰個英師傅啦！

我跟跟。
好呀，辛苦妳喇！

呢幾日中樂團已經搞到我一頭煙。
要有演出，個基金先會俾錢，
頭都痕埋。而且人又未齊……

……

呢方面周sir跟緊㗎喇，
你放心啦。

辣雞包～
真係唔錫曬妳都唔得～

我今日貪得意
轉咗個新電話
鈴聲呀，
你聽下
覺得點？

……

呀～

唏！
喺學校都
校曬震機
㗎啦！

！

Wedding Ma

《婚禮
進行曲》
……

我畫公仔都畫到出腸啦，
你知我想講乜㗎！
不如我哋正正式式喺埋一齊啦？

如果我有乜意外，你無名無份，連屍都唔俾認㗎！

我哋唔結婚，就唔會有咩意外㗎啦！

科學啲！唔好咁迷信啦！

……

……一個係交通意外、

一個係心臟病發、一個仲要客死異鄉……

咪咁迷信啦，好冇？
記唔記得黃樂成？
佢只係我契老公咋！
契一契都即刻死咗呀！
嗰啲係個別事件。
咁都證明唔到啲乜嘢！
咁你係咪想我用你嚟證明吖！？

Amy！

我都係一隻生物嚟㗎咋，

本能係求偶同埋繁殖呀！

…！

生物第一個本能係求生呀！

繁殖搵過第二個啦！

…！

Amy…

BLACK COMEDY

DI-DAR

第二章

CHAPTER 2

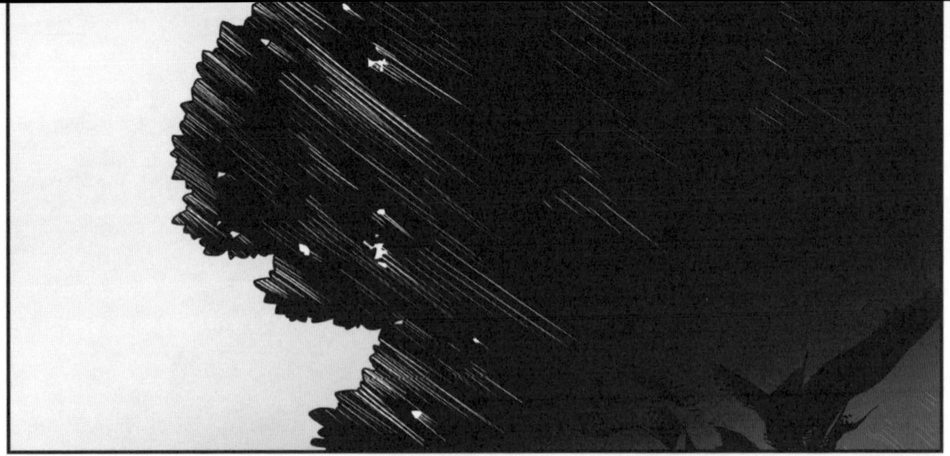

…!

呀——!!
你哋冇事吖嘛？

丁滿…你兩個今日做乜呀？
Sorry呀…我今日狀態麻麻…

洗乜sorry啫？彭彭條仆街頭先都有甩step啦！
吓!?

我甩step？邊度？邊下？
龍妙妙你講清楚啲？
你邊度都甩！邊下都甩！
夠清楚未？
冇人鍾意女仔咁粗魯㗎！
我冇人鍾意關你鬼事咩？
……

開始入夜喇…

你哋估……學校係唔係真係有鬼呀！？

……

我聽嗰個版本係佢俾人玩，
係咁要佢不停跳舞，
跳到嘔白泡都唔理佢，
一路跳一路跳，佢就死咗。
所以有時喺太陽落山之後，
就會喺呢度聽到啲呯呯呯嘅跳舞聲⋯⋯
！

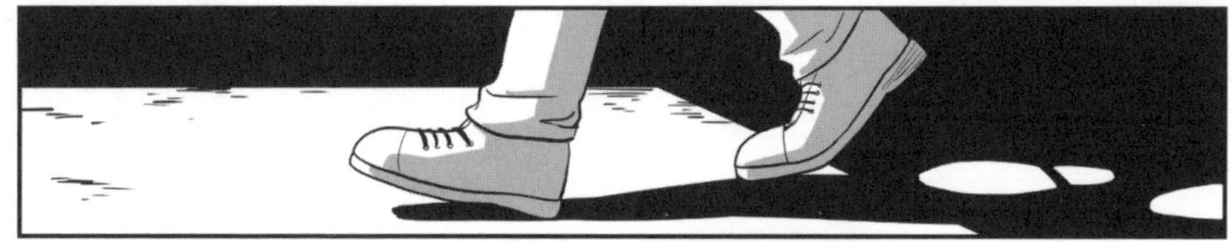

…!!

…唉。就嚟太陽落山喇喎！
你哋仲唔返屋企？

周sir！嚇死人咩？

俾Miss Tong知道又一人一個缺點㗎喇！

做咩咁夜都唔走呀？

咪係囉，間學校我哋都有份㗎嘛～

我哋都想救間學校㗎嘛！

…周sir由中一睇到你哋而家中五。

邊有咁大隻蛤乸隨街跳？

我哋想組隊參加造星，

今年係團體賽添！

點解你哋唔問下你哋啲屋企人？
我哋做啲咩屋企人都唔支持我㗎！

…你哋出年就考DSE喇喎，邊有時間呀？
我哋應承你，我哋會分配好啲時間。

……

…唉，揀咗咩歌呀？
好嘢！
周sir錫晒你！
yeah～！

但係呢個係秘密嚟㗎！唔可以話俾其他人知㗎！
同埋你哋真係要幫幫手，參加咗中樂團先！
知道！
……
其實…我喺你哋咁大嘅時候
我都有一隊跳唱組合㗎。
吓？

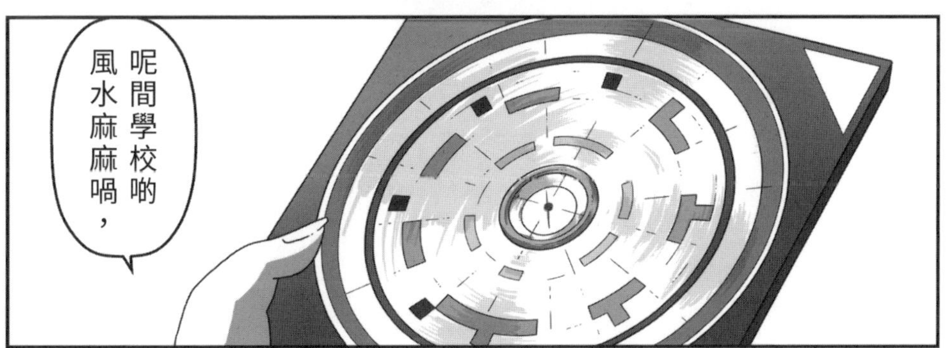
呢間學校的
風水麻麻嗰，

擺幾多個十字架
都冇用啦。
唔好理
咁多啦！
今次人哋都
冇俾錢我哋
睇風水。

豪俾佢啦～呢間你母校嗝，
阿女又喺度讀。
吓！？乜阿女喺度讀咩！？
幾時轉校！？
阿女一直都係讀呢間嘅。

周世祥…
湯凱婷！？

阿龍…？

原來係你哋！
你冇乜點變。

但你老咗好多。
!!

好耐冇見，阿龍～
唔係嚟敘舊。
我今日係嚟傾生意嘅。

你就係今日嗰位師傅喇係咪呀？

……你咪係龍……震……

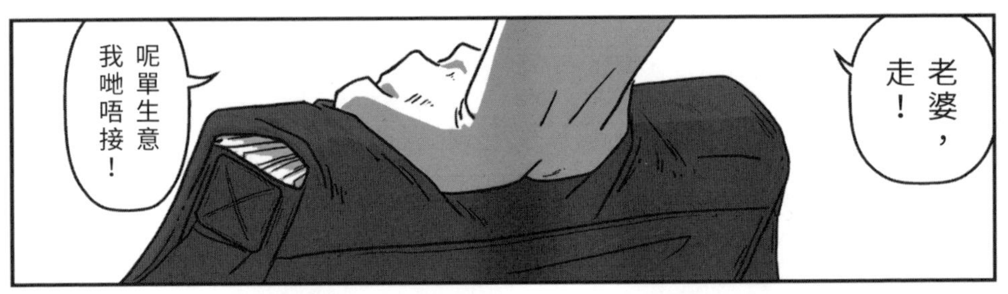

…！

隻鬼喺早會嘅時候，真係喺大家面前出現咗，所以真係冇得唔處理喇…

你哋係天主教學校嚟㗎嘛！祈禱就得㗎啦！校長不嬲都滿口聖經㗎，
耶穌基督唔係睇住你咩？要搵到我哋道家出手？
我都相信要打齋都係主嘅安排嚟嘅。
呀…咁今日嘅服務係幾錢㗎呢？

至少廿八萬啦！

幫你做啲儀式淨化下個地方，咁另外嗰啲符水呀護身符呀嗰啲，
計計埋埋，實收就…

嗶？你搵錢冇問題。
但係有啲嘢都要講吓良心嘅係咪？
呢句嘢喺你把口度講出嚟真係好好笑。

唔緊要、唔緊要，耶穌話要愛人如己。
阿龍你係我哋嘅學生，我相信你嘅專業，你話幾多就幾多……
但係我哋邊有錢？

我自己俾！
你收得我錢，唔該你幫我搞得好好睇睇。

咁我行先喇，你哋慢慢傾下偈敘下舊，
當自己屋企得㗎喇，聖賢永遠係你哋嘅家～
祝福你，祝福你……

……

靈體出現嘅時候
你哋做過啲咩呀？
…？

呀！喺早會嘅時候，我哋有個師傅嚟表演吹嗩吶，隻鬼就出現咗！
佢仲搞到啲玻璃窗爛晒！

唔怪得知啦。

嗩吶聲就係會接通啲靈體㗎！

準備好喇！

好，咁埋位開始。

咳咳…

以下儀式涉及靈異內容，可能會引起現場觀眾不安，

當中提及嘅堪輿資訊同法科儀式，並非精密科學，請各位留意。

bala bala bala

佢同邊個講？

我老婆上慣電視做節目，係咁㗎，由佢。

法術無邊，刀劍無眼，請兩位迴避！
先天一氣，
節制萬靈。

鐵筆一下，
符光現形。

急急如靈，寶天尊律令！

大家！

而家隻嘢已經封印咗喺呢個禮堂入面，

佢出唔到去㗎喇！

哇哇……哇！

老婆，有料到！

令旗！

係！

何方妖孽？速速報上名來！

…阿龍！
…係我呀！
我哋係唔係識㗎？
前世不相欠，今生不相見，既然今日有緣相遇，
大家結個善緣又何嘗不可？
有何求？有何愁？
不妨開口解恩仇！

我唔要！
……！

呢隻係厲鬼，普通淨化應該搞唔掂。

……

好！老婆，攞五雷符俾我！

今晚我就送你一程！

呢隻鬼唔收得！
你哋唔好打散佢，佢好慘！
走開，唔好阻住老竇做嘢！
你咁夜喺學校做乜呀？
今日係時候做個了斷！
我要替天行道！
儆惡懲奸！

四方大天尊急急如律令！

！

……死得好慘呀！
……嗚！
妙妙！！

……阿爸……你係咪識得一個叫阿成嘅人？
……阿成？

……！

！

走呀！成叔叔！！

……

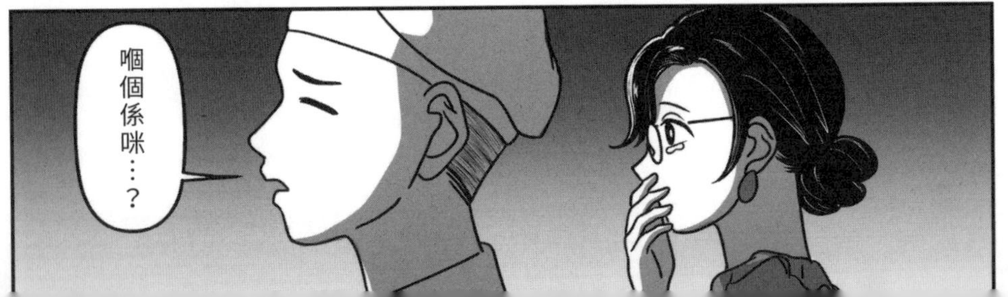
嗰個係咪…？

……黃樂成……

ZZZ
…!
好喇，好喇！
跪咗咁耐，師公都食飽喇。

嗱，快啲食早餐之後去返學喇！

我對腳好痺…

繼續跪！

你見到佢咩？

冇，但我真係聽到佢成日喺度喊，喊得好慘！

我仲聽到佢有叫你個名，佢話佢死得好慘…

就算我生咗個仔我都唔會比佢入行，

何況你係個女？

點解女仔就
唔可以入行？

女仔有月經
就係污糟
就係唔可以做
法事！
女人冇月經
你阿媽都生你
唔出啦！

我嘅人生係
我自己㗎！
我想行自己
想行嘅路呀！
你想我點！？

想入行打齋
你又唔俾！
唱歌跳舞
又話唔得！

你……！
你就係成日群埋晒學校嗰兩條廢柴喺度跳舞，
學壞晒！
廢柴？
而家連隻鬼都收唔到，
邊個先係？
你試吓再咁樣話佢哋，我同你開拖！
唔准咁樣同你阿爸講嘢呀！

以後唔好再喺我面前提跳舞呢兩個字！
返學!!

唉，個女我真係唔識教⋯⋯

⋯⋯

BLACK COMEDY

第三章

CHAPTER 3

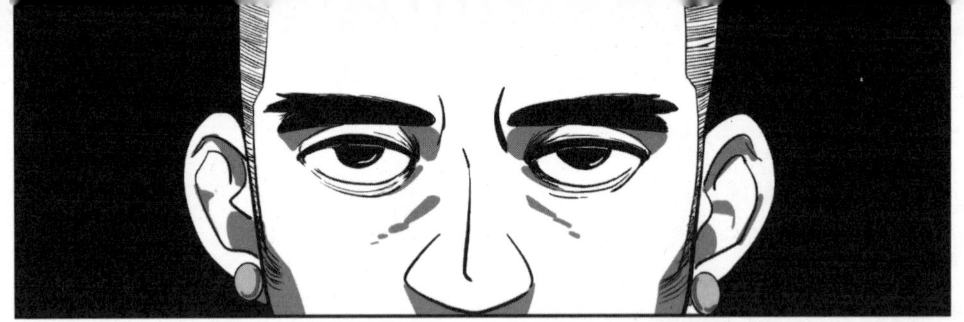

阿龍！

阿龍！

阿龍！

!

飲杯茶先啦。

景酒家

唔洗，我一陣約咗個大客，幫個幫會大佬搞白事。
所以坐陣就走喇。咁急約我出嚟做咩呀？
冇，咁耐冇見，想聚聚啫！

死因庭都判咗佢死於不幸啦。
你怪我哋？你而家嚟怪我哋？

我點敢呀？
我中五都未畢業俾人踢咗出校，

你兩個就安安樂樂咁樣繼續讀埋A-Level，而家仲可以為人師表添，周sir、Miss湯！

我廢事同你講，都打橫嚟！
唔係，你冇錯，我哋都冇錯

但係都要move on㗎啦。

……

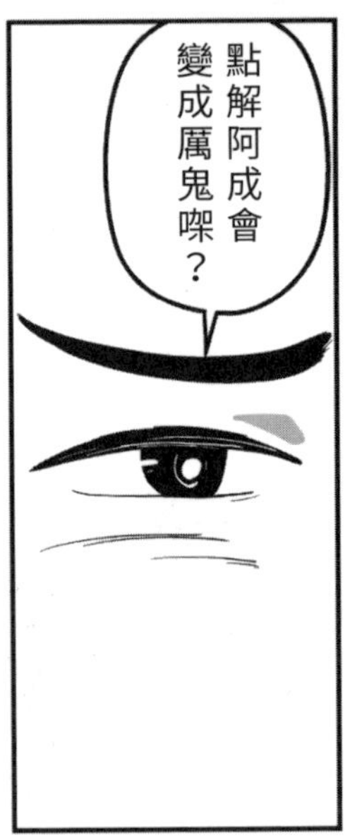

嗰陣啲嘢冇做足，
你條友仔話天主教學校唔好搞咁多嘢呀嘛！
仲話呢件事唔可以再提呀嘛！
冇人記起冇人提，
積積埋埋咪變咗隻厲鬼囉！
而家怨氣咁重，
我仲爭啲攞張五雷符打到佢魂飛魄散，
好彩你冇咋！
佢係我哋嘅好朋友嚟㗎！
唔易搞！

每次諗起以前真係好開心嘅日子，
我眼淚都會忍唔住。
我總會忍唔住去幻想，
嗰啲快樂嘅日子從冇離開
然後當我記起已經再冇機會見到佢時，
我就會喊到收唔到聲，

唉，嗰日唔係我玩佢逼佢不停咁跳，
所有嘢都唔會搞成咁⋯

我冇諗過會
搞成咁⋯⋯

⋯如果佢
仲喺度，
我真係好想好想
同佢講聲對唔住，
我哋會一齊
參加新秀，
會一齊畢業，
會一直都係
好朋友。

⋯⋯

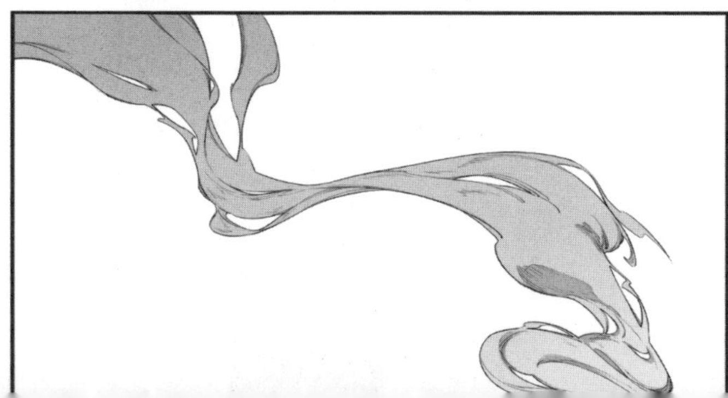

大家好！
我哋係聖賢中學中樂團！
今日嚟到旺角街頭係同大家中樂busking！
希望大家俾熱烈嘅掌聲，
歡迎我哋嘅中樂團！
大家唔使行開喋！

我哋係喺度busking呀！
我哋唔係喺條街度做法事呀！
我哋唔係要錢呀！返嚟呀！

我哋要觀眾呀！返嚟呀～
我哋盡咗力㗎喇……
着到咁，人哋以為撞鬼添呀！

周sir呀，
不如正正經經去正式啲嘅場地去表演啦！
我夠想啦！
邊有錢呀？
圍個圈先。

頭先冇人睇係因為你哋做得唔夠好！
好羞恥係咪？好樣衰係咪？
呢個感覺就係你哋下次做得更加好嘅動力！

場地我再諗辦法。嚟！嗌下先！
聖賢！聖賢！聖賢！
中樂！中樂！中樂！團！
我行開講個電話，
你哋執定嘢先。
唉，仲要搞幾耐？下個禮拜就係造星海選喇！
我哋而家練舞都冇乜時間㗎喇！
我開始覺得我哋領咗周sir嘢。
我同丁滿去買啲嘢飲返嚟，
你執住嘢先，返嚟就開始練舞。
咁你哋早去早回喇。

「跟你一起跳舞的日子很快樂…
我以為只是因為我喜歡跳舞…
…但慢慢發現，除了跳舞，
原來我也喜歡你……

丁滿上」

丁滿鍾意我！丁滿鍾意我！
丁滿鍾意我！丁滿鍾意咗我！
個死仔，我未同你表白
你竟然想同我表白！？
咁點算呀？
喂。
呀——!!
做乜呀？要咁驚咩？
無，我對你哋嘅速度感到驚訝。
我哋費事你自己一個拎唔到嘛！
行啦，我想快啲去練舞。

等埋我呀！
快啲啦站長。

喂……

我都係呀……

咩我都係呀？
再～講啦。

你做乜突然講嘢咁陰聲細氣嘅？
頭先都唔係咁嚟！？你有病？
關你咩事呀？行啦！！
好消息！好消息！！

嘎…
我真係搵到個表演場地喇！！
嗰度觀眾一定超過一百人！

紅館?!

又會咁邪嘅？四個師傅一齊有事，
果然今年流年較多交通意外。
邊關事吖？佢哋四個尋晚一齊打通宵麻雀，

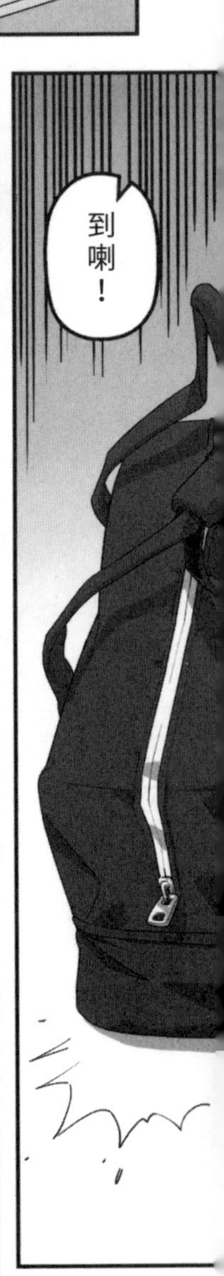

唔…周sir你講嗰陣，我哋都覺得伏伏地…

會唔會太邪呀？！
即係今晚我哋要做打齋樂手呀？
都係中樂吖！只要有觀眾，到處都可以係表演場地！
你哋睇下幾多觀眾！

校長嚟喇！
妙妙，你爸媽喺入面，你哋快啲去準備下！

周sir，真係要行呢一步？

校長，為咗可以盡快攞到第一期funding，
冇辦法㗎喇…
殯儀館喎！
我詳細睇過份合約㗎喇！

弘揚愛國
大中華
精神！！
！
係喎！最後
喺片尾再加多
八個大字～
「中樂柔揚 源遠流長」
中樂悠揚
啲字體仲要好似
條紅色絲帶咁樣
飄飄下出鏡，
咁好唔好呢？
感動！
呢個好呀！
終於
嚟到喇～
呢度難唔難
搵呀？

等咗你哋好耐喇，
今日真係麻煩晒各位喇～

嚟嚟嚟，快啲入去先啦～

唔好問咁多，你幾個換咗件衫先！

…？
做咩呀？我哋兩個嚟帶隊咋喎？

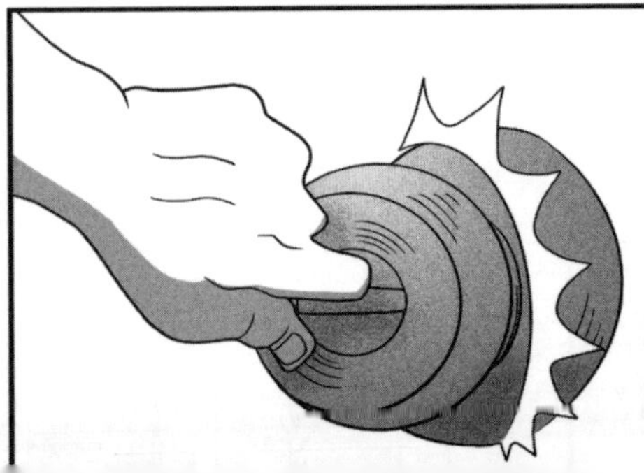

今晚場法事，我原本搵咗四個師傅。
但係剛才佢哋四個一齊炒車，所以嚟唔到。

但係破地獄一定要五個人，
而且喪禮馬上就要開始，
所以你哋要幫手，明唔明？！

破…破地獄？！
又話淨係玩樂器？

老竇呀，你唔好癲啦！
你講就易啫，我哋點識呀？
冇時間喇～都係做俾在生嘅人睇嘅啫…

一陣最複雜嗰part我會一個搞掂，
你哋之後跟住我圍圈行就得喍喇！
好簡單，手扳眼見功夫！

如果搞唔成今晚呢壇嘢，
我哋全部都會變做死人呀！

吓!?

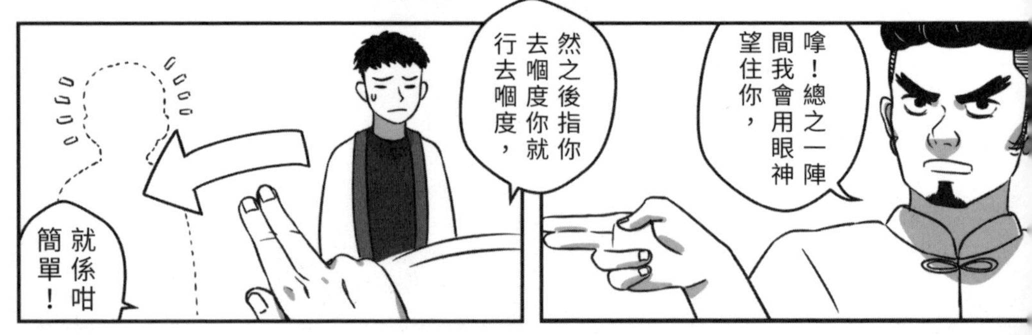
嗱！總之一陣間我會用眼神望住你，
然之後指你去嗰度你就行去嗰度，
就係咁簡單！

當我做呢個動作，跟住轉個大圈就得啦！

然後呢，再中間加啲穿插…

你聽唔聽得明？

每隻字都聽得到，但夾埋一齊就唔明…

以我哋嘅舞蹈底子同埋默契，一定冇問題！

做完呢單嘢，

人工仲…哈哈哈哈哈哈哈哈…

但係儀式呢啲真係冇得急，
一急成件事就唔夠得體…
你收嗲！
我老竇啲兄弟已經坐爆咗出面個場，
幾個堂口啲叔父全部喺晒度！
你而家仲唔開始，係唔係要落我老竇面呀？
你你你自己都受咗傷，
唔好咁激動住…

我哋已經準備好㗎喇…
係唔係呀？
得。
我同你哋講我老竇已經死得慘，
我要佢今晚走得風風光光！
一陣場破地獄幫我做到有咁精彩得咁精彩！
攪到有咁大得咁大！

浩氣長存！
浩氣長存！
浩氣長存
奠
浩氣長存！
浩氣長存！

咳咳……

儀式開始！

……

搞咩呀佢哋？
呢個係新派㗎！
傳統嘅隻太死板啦……

吔～
刀劍無眼！請迴避！

喝！

破！

嗚哇！

咁落去，搞唔掂喎
遲早炒埋一碟啦。

黃樂成！你做乜喺度㗎？
你真係見到我喎！

你話點就點啦！呢單嘢衰咗，我哋全部就可以落嚟陪你啦！

俾你發現咗添！
我應該有辦法可以幫你過到呢一關，
不過有條件喎！

包喺我身上！

點解我哋會做到㗎？
好似唔係自己郁咁樣樣！
嚟！五六七八，
左穿左！右穿右！好熱血呀！

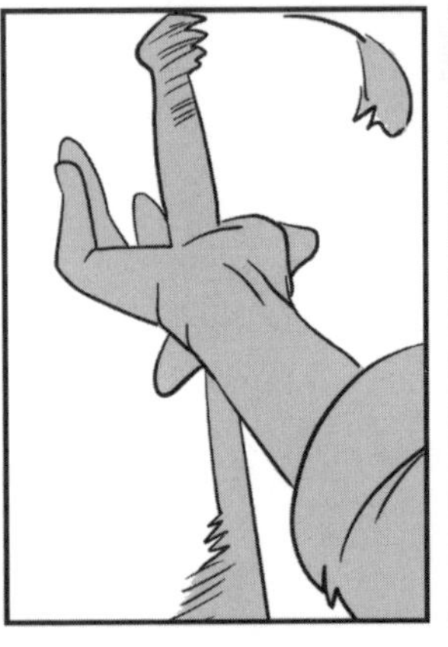

行得通喎，趁而家快手快腳搞埋佢！

浩氣長存
奠
奠

酒

禮成！

嘎……

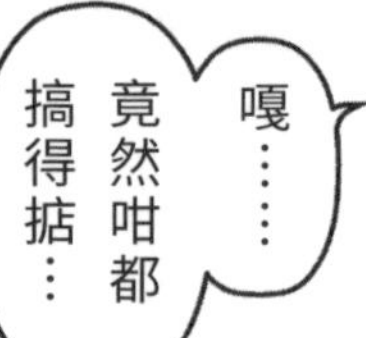
嘎……
竟然咁都搞得掂……

咁樣算係搞掂咗？
係啦，真係唔該晒你……

既然係咁，不如趁今日一次過搞掂晒佢。
吓？你講咩呀？

我講緊係時候到你還俾我喇……
吓……？

我終於可以同你哋一齊跳《火熱動感》喇！

哈哈哈哈
哈哈！

校長！借個
殼嚟用下！

Music～！

我哋要諗辦法捉住佢！
吓？
咁…哦！

上去同佢一齊跳，要扮到好似儀式一部份咁，
芭蕾舞版！
土風舞版！
俄羅斯舞版！
再搵機會拖返校長入嚟！
跟住音樂，jam入去！

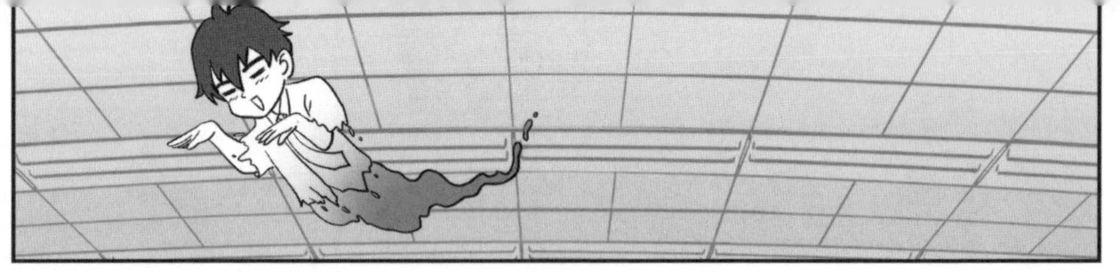

浩氣長存

頭先發生乜事呀？

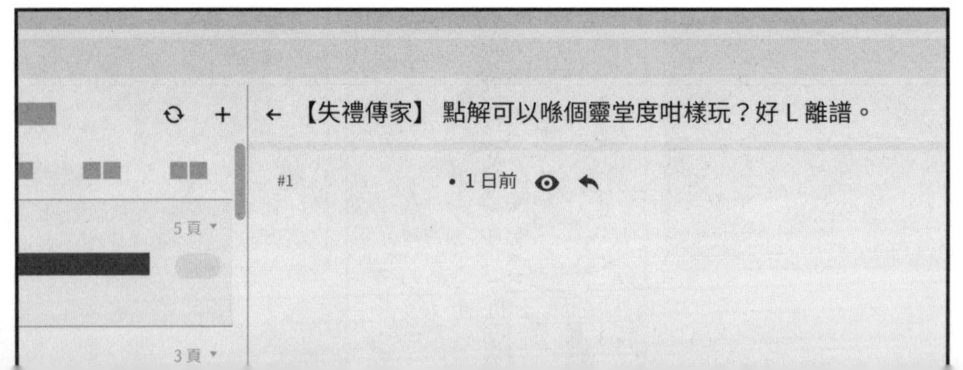
←【失禮傳家】 點解可以喺個靈堂度咁樣玩？好 L 離譜。
#1
• 1 日前
5 頁
3 頁

呢間中學玩完。

聖賢中學！
兩個係老師三個學生，
連個校長都喺度，
真係誤人子弟！

當正人哋個喪禮係自己演唱會，
呢啲人真係人渣。

其實會唔會係電視台
拍緊真人騷？

人神共憤！
起底組，唔該做嘢！

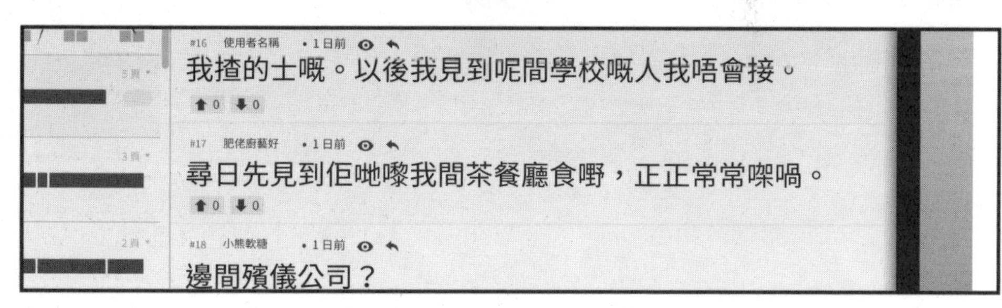

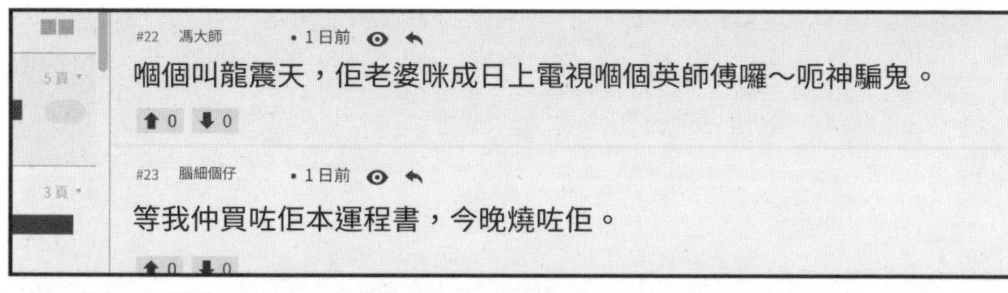

BLACK COMEDY

第四章
CHAPTER 4

龍生。
跟住落嚟我需要你用法科師傅嘅身份拍條片，
去證明我係俾鬼上身，先會做出呢啲反常嘅行為。
咳咳咳咳咳⋯！
你冇事吖嘛！
不如你都係休息下先啦⋯
唔使⋯！

咳咳咳⋯⋯！
佢點呀?!
個元神好虛，鬼上身好傷㗎。

咁點算呀?!
飲咗碗符水啦，咳死你呀。

你唔洗理我啦。
呢個係我專業收費包嘅。

你真係專業就唔洗搵我哋扮喃嘸佬。
啯啲叫專業嘅應變能力。
捩橫折曲。
唉⋯起晒底新聞又報晒啦。
全香港都睇過靈堂條片，學校玩完！

喂Amy，快啲開始拍片。
如果唔係學校就真係玩完…
哼哼…當年你驚到要搵我嚟祭旗踢我出校。
而家又係咁樣！
個世界根本冇變過！
哈！
……
Amy，你出一出去先。
咦…啊。

成間學校唔撐我，我冇所謂。

你做咗我班主任四年，我最信嗰個係你，

點解你要咁對我？

但係！
當你做校長要搞好一間學校，
而隻羊又癲咗時，
就算幾唔願意都好，
都要攞佢嚟祭旗！
推佢落懸崖，話俾其他羊知，
咁樣係對任何人都冇好處！

……
你要唔要聽下你自己講咗啲乜嘢呀？

龍震天同學。
其實當年單嘢係意外，冇人想。

你嗰時絕食，你兩個好朋友唔肯加入，
你就嬲埋佢哋，仲強烈譴責學校？
都算。

最後校董會要踢你出校

我都保你唔住呀。

你怨得邊個啫？！

原來最好嘅教育，就係要將個咁嘅世界，血淋淋咁俾啲細路睇，

等佢哋唔好再
抱住啲假希望
做人！

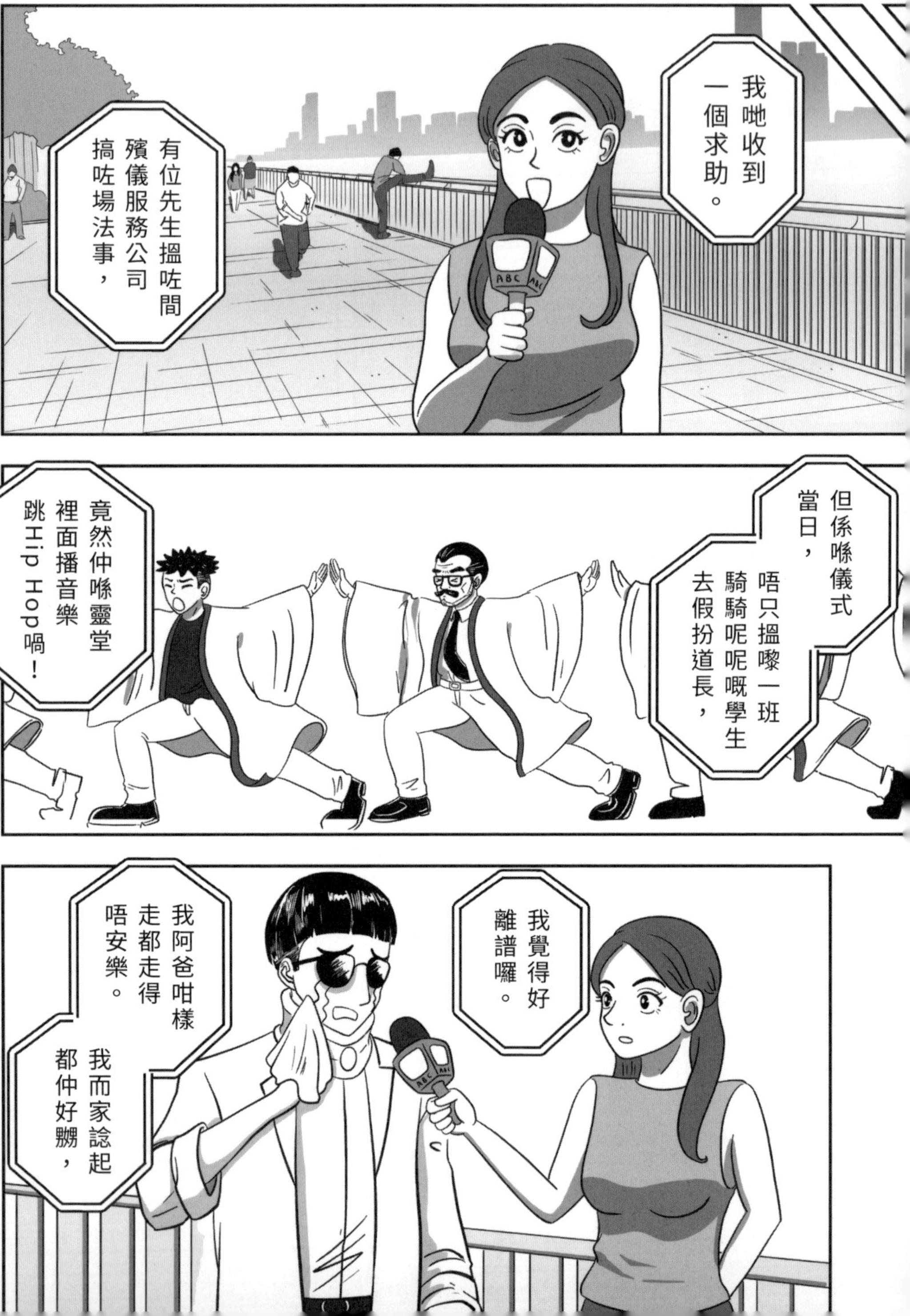

我哋收到一個求助。
有位先生搵咗間殯儀服務公司搞咗場法事，

但係喺儀式當日，
唔只搵嚟一班騎騎呢呢嘅學生去假扮道長，
竟然仲喺靈堂裡面播音樂跳Hip Hop喎！

雖然想了解返成件事，

但未能得到當事人嘅正面回覆。

不過！今日我哋搵咗一位特別嘉賓，

睇吓佢對呢件事嘅睇法。

以前有人叫佢做殯儀之星，
前排佢仲搞咗個生前葬禮，
可以話係非常之大膽前衛。
佢就係我哋都非常之喜愛嘅夏蕙BB。
夏蕙BB你好。
主持你好。
你點樣睇前嗰排有人喺靈堂度跳舞呢件事呢？
係咪好離譜呢？
梗係唔係啦。

一個人走嘅時候都唔想留低咁多眼淚俾在生嘅人啦。
可以喺靈堂嗰度開開心心，
我都有睇過條片
我覺得佢哋跳得好好，
我覺得好好呀。
直頭可以搞一隊組合出道做藝人添！
佢哋搞到我都好想跳返part舞！
第時我唔喺度嗰陣，
都想請佢哋嚟我個靈堂度跳舞呀！

我已經係你哋嘅粉絲喇！

Yeahhh！

今日嘅節目時間就…

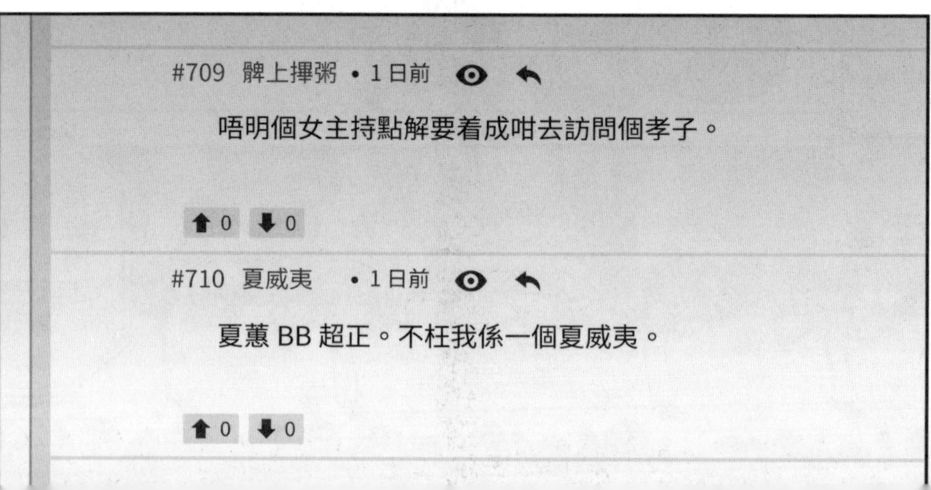

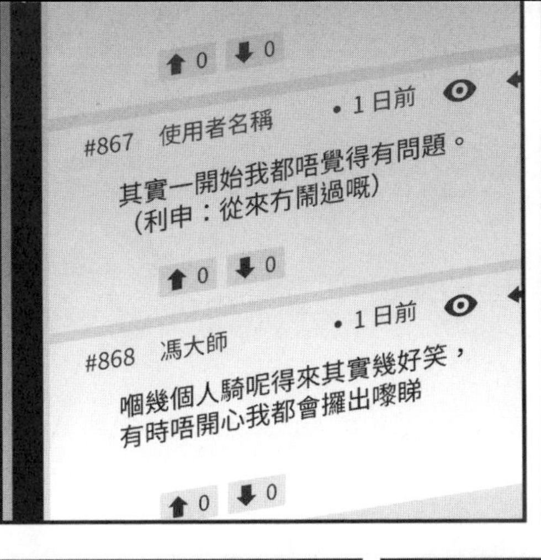

#867 使用者名稱 • 1日前
其實一開始我都唔覺得有問題。
(利申：從來冇鬧過嘅)
#868 馮大師 • 1日前
嗰幾個人騎呢得來其實幾好笑，
有時唔開心我都會攞出嚟睇

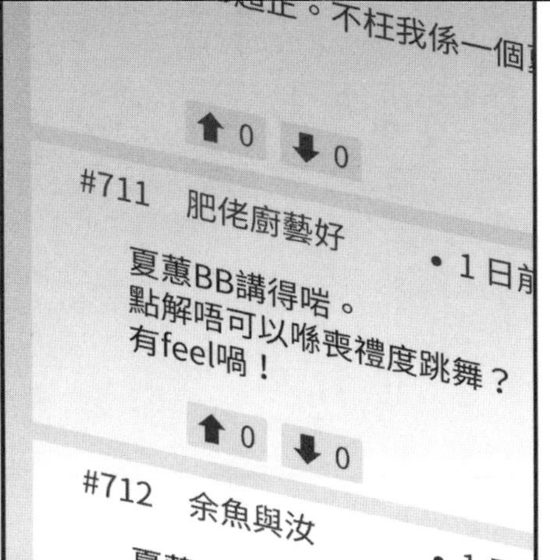

不枉我係一個
#711 肥佬廚藝好 • 1日前
夏蕙BB講得啱。
點解唔可以喺喪禮度跳舞？
有feel喎！
#712 余魚與汝

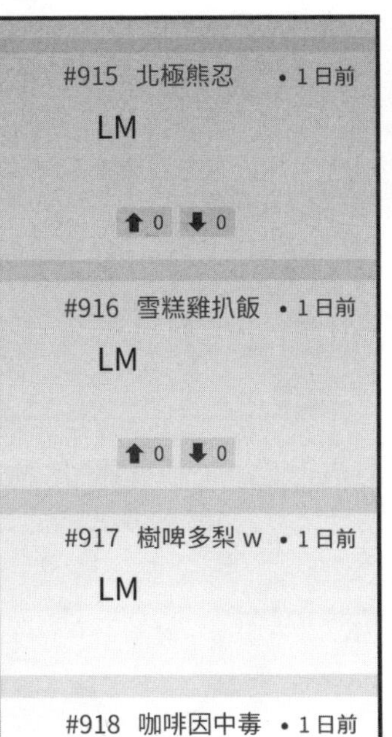

#915 北極熊忍 • 1日前
LM
#916 雪糕雞扒飯 • 1日前
LM
#917 樹啤多梨 w • 1日前
LM
#918 咖啡因中毒 • 1日前
LM

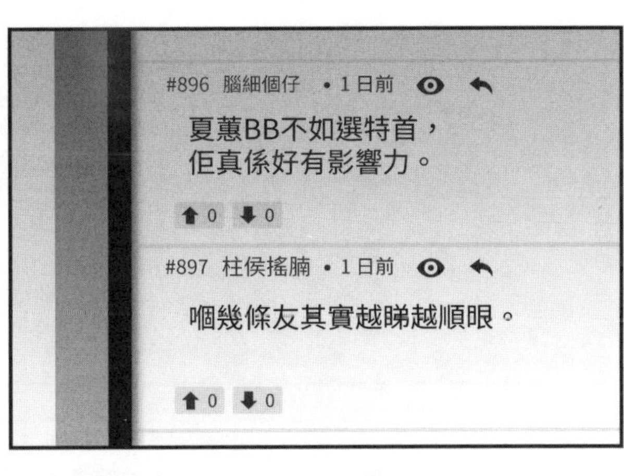

#896 腦細個仔 • 1日前
夏蕙BB不如選特首，
佢真係好有影響力。
#897 杜侯搖腩 • 1日前
嗰幾條友其實越睇越順眼。

#909 小熊軟糖 • 1日前
如果佢哋出道我會買飛睇。
LM等佢出道
#910 傻菇胞子 • 1日前
LM

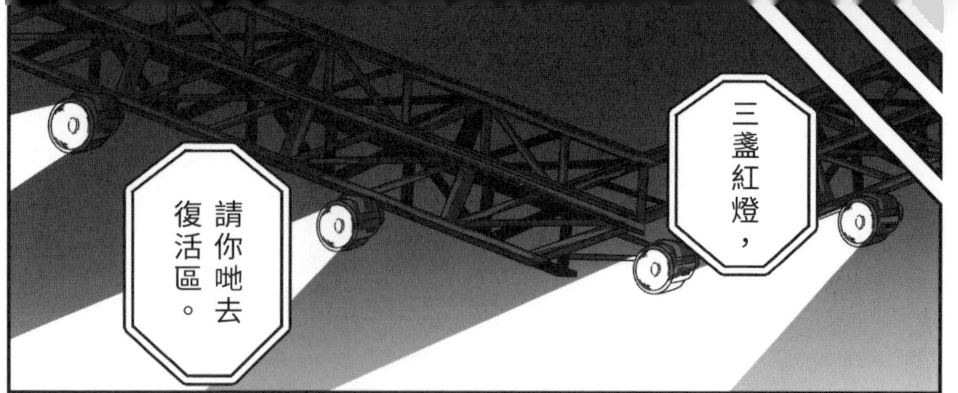

玩完啦⋯
頭先係咪因為緊張呢？
當吸收下經驗囉。

唔好咁幼稚啦…
成熟啲啦…
三歲細路咩，周sir！
……

我放棄喇！

你哋呢班人黐線㗎！
你哋繼續沉淪喺你哋嘅失敗裡面啦！

教書啦！帶隊啦！
我都係想安慰下你哋啫！

……

洗唔洗呀⋯⋯
佢打擊好似大過我哋。
佢都係愛我哋嘅⋯⋯

！

⋯⋯
⋯⋯

⋯咩事呀？
冇嘢⋯⋯

係我唔好⋯⋯
冇！嘢！
對唔住！係我唔好呀！

唉，頭先係
我太激動⋯⋯

⋯咦？

⋯⋯⋯

你兩個
玩乜呀？

冇你嘅事！
一日最衰都係我…
丁滿，你唔使講俾佢聽…
你講唔講呀！！
你唔好逼我啦！
我會hold唔住㗎！
hold乜呀！

我鍾意你呀！

吓?!

我一直都鍾意你！

我成日都掛住你呀！

我鍾意咗你好耐喇！

做我女朋友啦！！

“跟你一起跳舞的日子
很快樂…原來我也喜歡你”

你睇咗嗰張紙仔？！仲背埋添。

你講緊呢張紙吖嘛～

呀！點解喺你度㗎？
你做乜隨便睇人啲野喎！
張紙係俾我㗎。

丁滿呀，你做乜將我哋兩個啲野…

……

oh my…
原來張紙係比你？
……

頭先比賽前十五分鐘俾啲咁嘅嘢我！
我點take啫！
我點集中到呀！
你係咪癲㗎！

如果我哋個比賽輸咗，我覺得我哋就唔會再見。

我唔想後悔呀，我愛你。

!

……
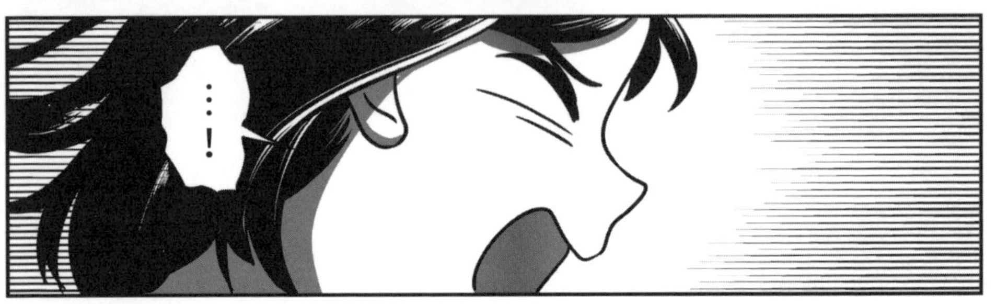
…!

仲點返去以前啫，啲嘢錯晒喇！
其實一直都係咁，只不過係知道咗同埋未知道嘅分別咋嘛。

…周sir？
妙妙！如果你就咁走咗，
你哋就永遠都返唔到去以前㗎喇。

係囉。
丁滿你冇錯，彭彭你冇錯，妙妙你都冇錯。
以前你爸爸，同我，同Miss Tong就係因為咁樣，嬲咗大家二十年。
我唔想哋再行返我哋啲冤枉路。

我真係唔想冇咗你哋兩個。

我都唔想。

我唔想冇咗你哋呀！

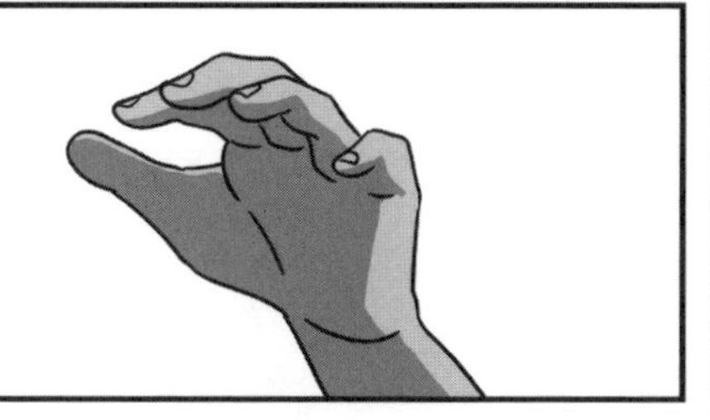

從此以後要更加珍惜大家喇。

冇錯喇，
珍惜朋友係好重要嘅。

…？

佢係……！
佢係嗰個黑社會大佬個仔……
用枝槍指住你老竇嗰個！？

你哋想去邊呀！
我冇帶槍，我嚟係想同你哋傾生意嘅。
……!?

我讀唔成書都唔做犯法嘢㗎！

我好怕凍㗎！一凍我個心口就起雞皮㗎喇！
我唔可以做雞㗎！

求下你放過我哋啦！我哋啱啱先至好返！

你哋三個以後
就跟我！
你係咪要錢？
我俾你呀！
你唔好搞
佢哋啦！

放心，
老豆單嘢
過咗去喇！

而家，

我，

要組一隊
組合！
然後簽約
同你哋出道！

吓!?

我係一個經理人嚟㗎！
今日我都係帶我公司隊band嚟參加比賽咋！
你想簽我哋？！

唔止！
仲要埋你，
Miss Tong，同埋嗰個喃嘸佬！

仲有隻鬼！
成叔叔都要？你見到佢？
其實而家有陰陽眼真係好普遍。

我都係打咗疫苗之後就開始見到鬼。
Err……咁你而家係想搞一隊…
七人一鬼殯儀跳唱組合！
夏蕙bb講得啱！真係有得做。
Marketing嘅嘢，就係要做市場裡面嘅Number One。
吓？！真唔真實呀？
七人一鬼組合，唔好話香港冇，cl世界都冇呀！

信我，有得做。

你有陰陽眼就可以見到最後一個隱藏隊員，

見唔到你就可以想像。

幾有gimmick！

阿成！

有個好消息要話俾你知！

有個經理人話要簽晒我哋做一隊組合出道呀！

我哋簽晒喇！你張合約已經喺我哋度喇！！

我幫你睇過㗎喇，條件OK㗎！

咦？搵我呀？

每個月燒好多金銀衣紙元寶蠟燭俾你就基本啦～
跑車遊艇穿梭機，
工人司機按摩師乜都有齊。
總共有三頁，一式兩份而家燒緊俾你呀～

收嘢呀，收嘢呀！
其實你哋咁樣燒晒啲合約，
我係唔係真係收到㗎？
…咦!?

我真係收到呀！
終於可以同你哋一齊出道！
真係可以同你哋一齊表演呀！
合約
呢次真係夢想成真呀！
Errr……不過我簽完張合約我應該點樣俾返你哋呢？
收嘢呀，
收嘢呀！
！

第五章 CHAPTER 5

新感覺小清新
hip hop跳唱
組合——
R.I.P.火速
竄紅，
#56 北極熊忍 • 1 日前
我每晚唔聽過
佢哋瞓唔著
0 0
#57 柱侯搖腩 • 1 日前
我第時靈堂一定
要播佢哋嘅歌
0 0
#58 樹啤多梨 w • 1 日前
夏蕙 bb 都讚好
火速佔據
各大social
media、
平台評論
留言區，
多首歌曲成為
熱門榜首，
更奪得2024
新人組合金
獎。
風頭可謂
一時無兩。

如何可以不拜他
敬請準備生果與
幾紮花～
冥鏹為你火化
拜祭有四天假
靈堂的告別禮
你安息了嗎
《如何可以不拜他》
《瓜啦瓜啦白菊花》
多首人氣熱唱作品，
如『瓜啦瓜啦白菊花』、『如何可以不拜他』、
白菊花
在喪禮落下
若要搵師父
我會開個價
鑼鼓響
唸經奏樂吧
龍震天係最堅
用舞曲代你哭

《死氣洋洋》
熱烈地喃嘸
地獄大破
打齋真好看
個個死氣洋洋
一鞠躬兩次
再次鞠躬
三次 死氣洋洋
洋溢笑喪
『心罷人上』、『死氣洋洋』、可謂被唱得街知巷聞。
《心罷人上》
遺體別放在門外
化個妝先可愛
壽衣多款式
中式西式
穿起馬褂 冚棺蓋
過世後輪迴
牛或豬 都精彩

期待各位屆時蒞臨，
不見不散！

留意返，未成年嘅同學絕對唔可以飲酒！各位…
咁我咪唔飲得囉！？
你都死咗啦，冇嘢好驚㗎喇！
又係喎！叫佢哋再斟多啲俾我！

咳咳……
大家，
我想提名……

王樂成做
R.I.P.隊長！
!

……
王樂成！
王樂成！

……
成？
你做咩咁嘅樣？
有嘢想講？

可以同你哋一齊表演係我最開心嘅事。
你哋仲咁錫我，仲想我做你哋組合嘅隊長。
但係…我做唔到㗎。
之前有個女同學企咗喺天台，

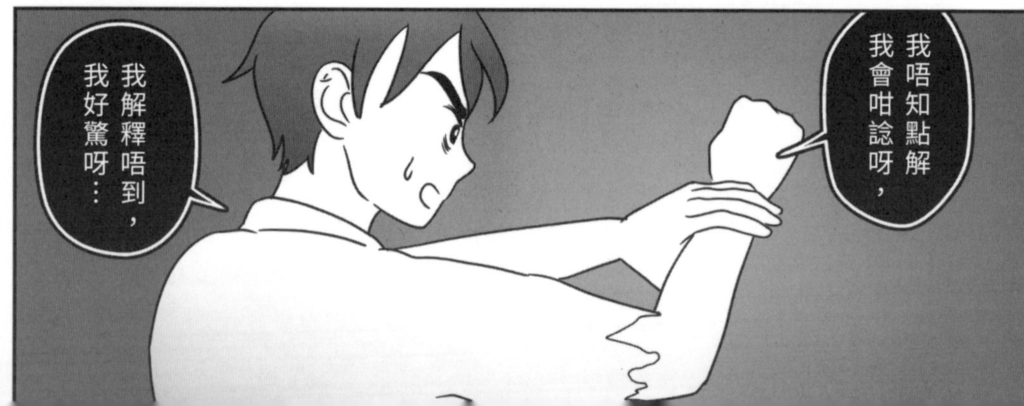

我唔係一個好人，亦唔係一隻好鬼……
我唔想傷害任何人呀。

你陽壽未盡，但係枉死咗。
一路都走唔到，就係因為你要搵一個替死鬼。

替死鬼？
我差啲將你個好推咗落去……

我呢一刻控制到我自己。
但係如果我繼續留喺度十年廿年一百年，
到時你哋全部都已經唔喺度，

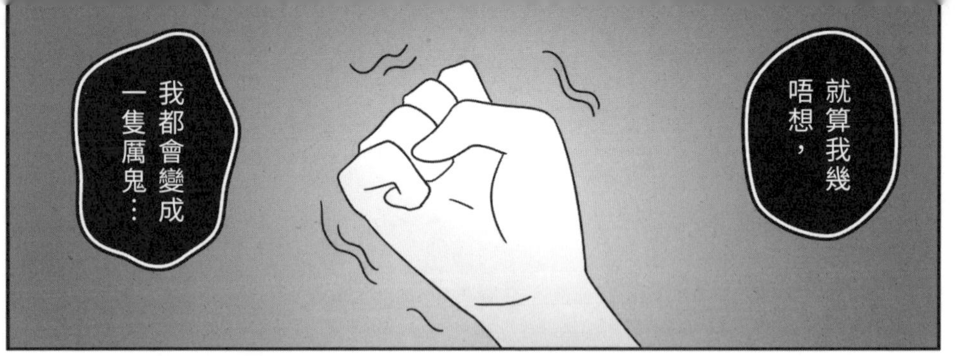
就算我幾唔想，
我都會變成一隻厲鬼……

大人嘅世界就係咁。
你幾唔想，個世界都會推你變成你最討厭嘅人。

一係你就變成一個全世界都會驚你嘅人。
如果你要守住善良嗰個自己，你會吃好多苦頭。

咁而家再做啲嘢幫下成叔叔囉！
太遲喇。
枉死嘅人一定要喺七七四十九日之內喺佢死嘅地方嗰度招魂做法事先至有用。

嗰陣冇做到，而家做嚟都冇用。

咁即係點？我一係而家搵個替身代我死喺呢度，咁我就可以往生極樂，

然後如果我唔想，我就一路喺度會變成一隻厲鬼？

啯陣佢死咗，係我唔俾所有人為佢做法事嘅。
所以佢走唔到，我係要負全責。我嚟換你。

你噏乜呀？
唔得呀！你係咪傻咗呀？
你條命係劏豬欖，

如果我真係要同你一齊都死路一條㗎啦。係咪？

我個相真係剋夫咩？
唔好挑戰自然定律啦。
顴骨高，殺夫不用刀…

阿成，就咁話啦。
你係咪真係願意？

係！
你願意，就得㗎喇。

念悼痛沉
好。
各位。
我哋今晚
十一點，
就會係今年
最陰最邪嘅
時辰。
我會用七星燈
幫阿成續命，
而佢真正嘅
效用係先向
死而後生！
等校長瞓咗
入棺木，我
就會唸咒，
校長嘅魂魄
就會離開咗
佢嘅身體，
佢亦都會進
入一個假死
狀態。

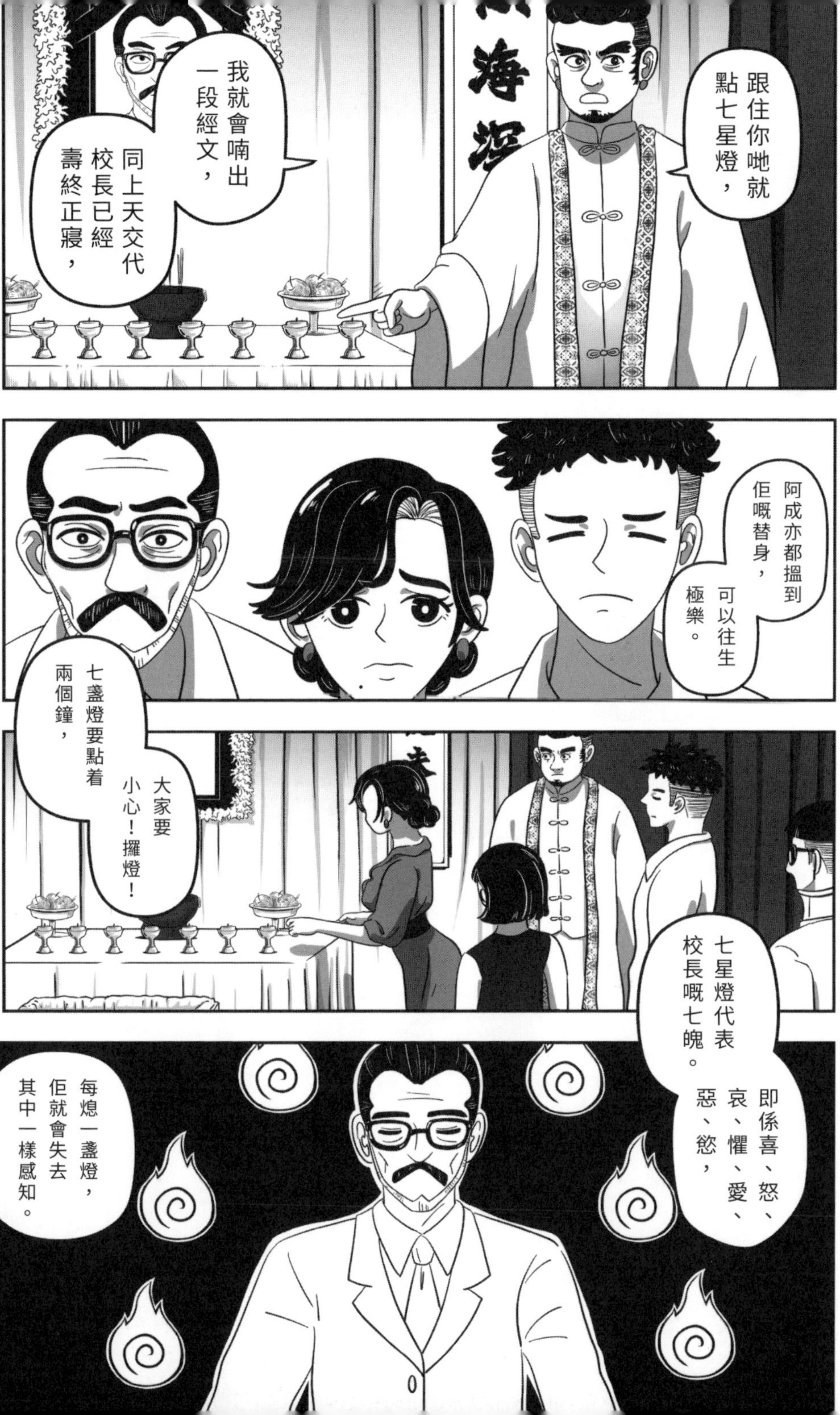

阿成亦都搵到佢嘅替身，可以往生極樂。

七盞燈要點着兩個鐘，

大家要小心！攞燈！

七星燈代表校長嘅七魄。

即係喜、怒、哀、懼、愛、惡、慾，

每熄一盞燈，佢就會失去其中一樣感知。

如果七盞燈都熄晒，校長就永遠都返唔到嚟，

佢就真係會…
我一定唔會俾盞燈熄！
一定唔會！

……

我信大家！交俾你哋喇！

Amy。如果真係失敗咗，記得幫我好好照顧屋企條金魚。

我唔准你咁講！

所以你唔可以有事！

知唔知道呀臭薯條？

時辰到，
大家各就各位！
開始！

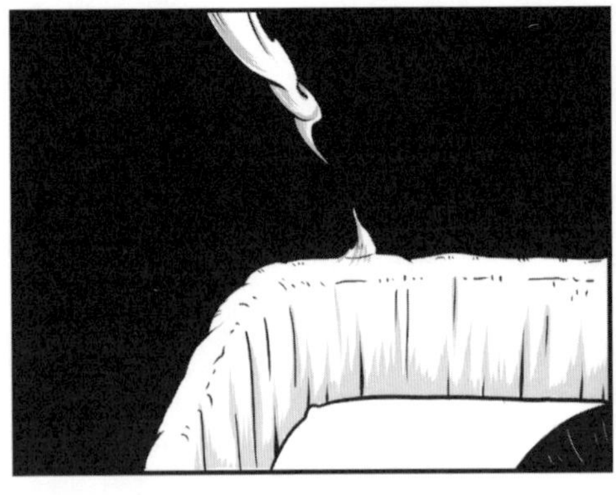

校長嘅魂魄已經離開咗，
點燈！
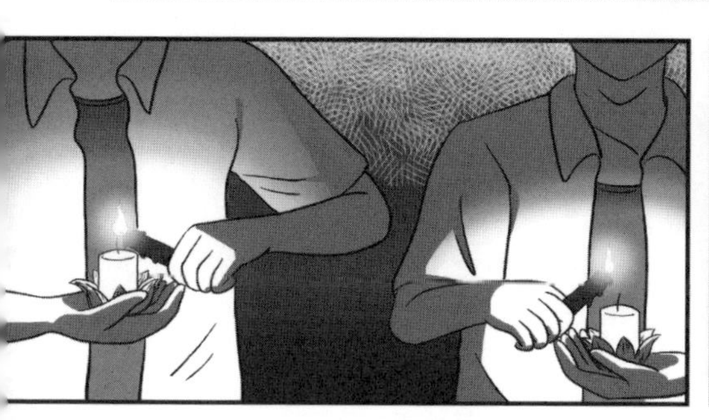

稽首舉請五方五靈童子
童子手執寶幢旛
唯願接亡魂
往生神仙界極樂三清界
三清界唯願接亡魂朝三清
霓童引入酆陵府
鸞鶴迎歸不夜天好
向渡仙橋上過朱陵

火府會群仙登仙界
天尊 大天尊登仙界
天尊 大天尊
亡者登程
玄音拜奉

!!

啯啲亡魂嚟搶嘢喇！
大家守住盞燈唔好俾佢熄呀！

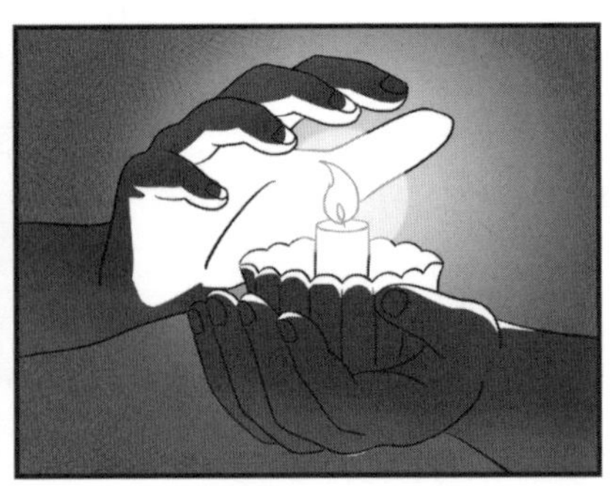

守住盞燈！唔好俾佢熄！

阿成！跟住我！

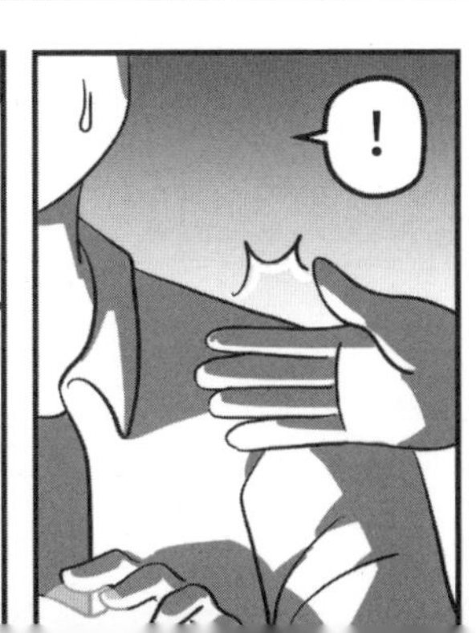

守住自己盞燈吖嘛，
借個火嚟……

仆街！熄咗呀！

點算呀？
唔緊要，我哋仲有六盞燈，

……
我哋要守住盞燈，唔好比佢熄。

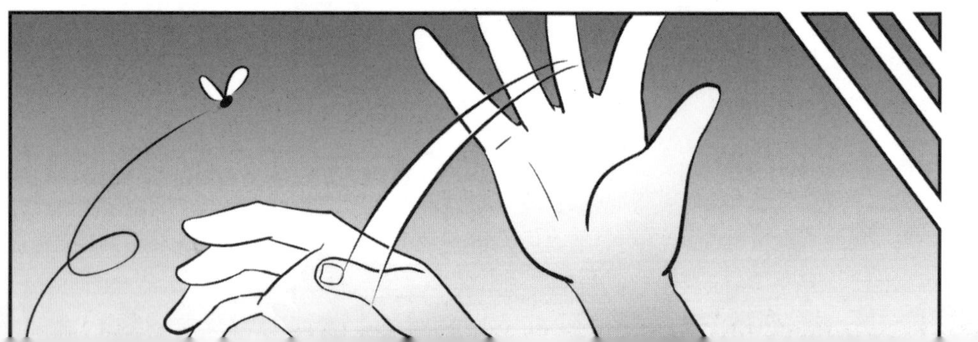

媽，好多蚊呀呢度！
忍下啦，小心整熄盞燈呀！

！

呢度！
！！

仆街！點算呀？
唔緊要，我哋仲有五盞燈，
我哋要守住盞燈，唔好比佢熄！

今今今日嘅小小周sir大智慧比個貼士大家，

呢個時候唔好唱咩歌？

佢係唔係緊張到傻咗呀？

仲唱？專心啦，

酷愛？
聖詩？
都錯，答案係生日歌。

點解呀？
APPY BIRTHDAY
大家試下一齊唱最後嗰句？
祝你～生～日～快～樂～

呼！

仆街喇!!
唔使驚，我哋仲有一盞…

只要守得住，一切都仲有辦法…

乞嗤!!

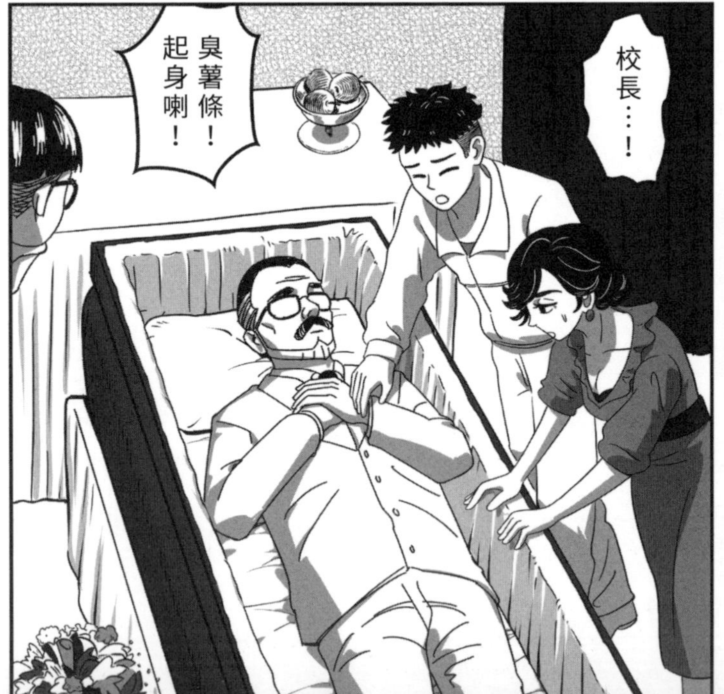

!
仲有呼吸！
佢冇事呀！仲有呼吸！

起身啦！點解咁嘅？
點解佢冇晒反應嘅？
起身喇！
校長！

點解咁嘅，老竇？
係咪真係⋯⋯
係。

係咩呀？而家即係點呀？
我哋失敗咗。

雖然佢而家仲有呼吸心跳…
但係佢三魂七魄已經唔見咗。
其實同一個植物人冇分別。

對唔住呀，係我整熄咗最後一盞燈…

你再做吶嘢，再做吶嘢，
招返佢個魂魄返嚟吖！

做咩都好啦！我俾埋我條命佢吖！
總之要救返醒佢，我咩都肯㗎！

你真係做咩都肯？
係！

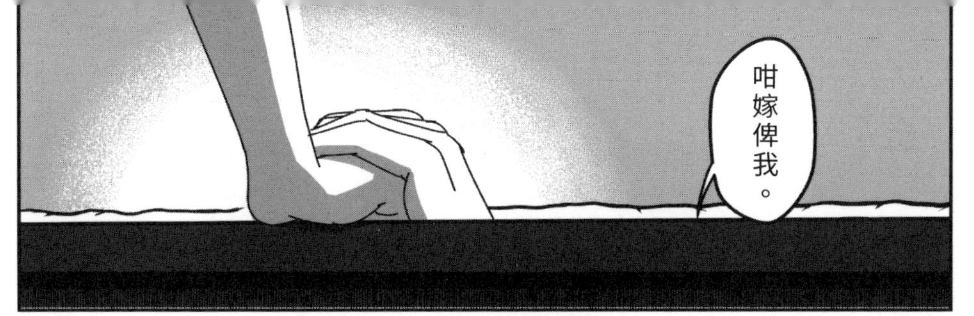
咁嫁俾我。

…咦!?
!
頭先俾啲花罨住晒，勁想打乞嗤。

佢而家喺上面個System，
Officially已經係個死人嚟㗎喇！
咁即係應驗咗㗎嗱？

應驗咗㗎喇！
所以阿成，你已經搵到個替身喇！
真！我feel到！

搵替身嗰part
係真嘅，
不過七星燈嗰單
嘢係我照抄一套
港產片嘅，

似海深愧未報

啲風扇都係
我Book㗎，

我哋排咗好
耐㗎喇！

Amy，嫁俾我！
吓?!
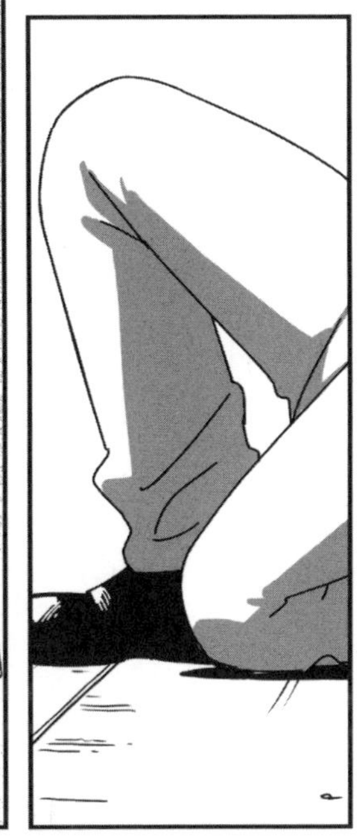

你條命真係剋夫劏豬欖㗎！
邊個娶你都會死，
但係如果啲個已經係一個死人咪冇事囉！

嫁俾佢！
嫁俾佢！
嫁俾佢！
嫁俾佢！

我願意！

全人類也越界
舉起手反對自我
被活埋

名字是好動派
行動是要在陽光中
趕走苦惱失敗

為何脈膊極快
原來受那豔陽
唆擺
擺一擺也不壞

應該將盔甲換上
運動鞋

投入活躍地帶

一到夏季氣勢升高
這個夏季鬥志
力似刃

當氣候跳升一百度
活着實在好

誰若想歌唱放心唱
要開夠六千場

Lai-lai-lai-lai-lai-lai-lai...
Lai-lai-lai-lai-lai-lai-lai...

阿成，

其實你嗰陣係咪鍾意我㗎？
嗰陣係㗎！你中五嗰陣真係好靚！

不過你去到中六真係殘咗好多，去到中七直頭個黑眼圈跌到落去肚臍，

雖然我死咗啫，你嗰個樣呢真係搞唔掂，我冇辦法再鍾意你喇！

不過為咗見你冇辦法啦！
你就好啦，個樣都冇老過！
其實好易㗎咋！只要你十六歲死就得㗎喇！
當我冇講過。

你都唔好再嬲個世界喇。
！

你又知？
我睇住你哋全部大㗎！

我睇住你為咗我坐喺學校嗰度絕食。
絶
食

我睇住你同人哋踢波嘅時候，心不在焉俾個波省。

我睇住你喺圖書館溫書嘅時候突然之間流眼淚。

其實你哋每次諗起我嘅時候，我都喺你哋隔㗎！
但係見到你哋慢慢變成個大人，越嚟越唔開心，

我以為你個心願係同我哋一齊表演。

表演完喇！原來要搵替身，

又搵咗啦！咁點解你仲未走？

到時我哋先一齊行去孟婆橋嗰度，飲嗰碗孟婆湯。
因為飲咗就真係咩都唔記得晒㗎喇！

點捨得啫？咁精彩⋯⋯

我而家正式宣佈！
今日，八月二十三號，

王樂成⋯⋯
今日幾多號？
八月二十三

王樂成正式加入我哋嘅組合！
我哋原本三個人嘅組合，
而家變成四個人！

多謝你哋！

估唔到過咗幾廿年，
我哋四個又可以一齊喺呢棵大樹下面！

日日睇住都唔覺，原來棵樹真係大咗好多！
喂，阿成你教我哋跳土風舞吖！
好難㗎喎！

我就十六歲啫，你哋四張幾喇喎！
驚你呀？放馬過嚟呀！

成，你可唔可以話俾我聽下星期六合彩開啲咩呀？

幫你唔到，我得十六歲唔入得馬會！

你跟住我冇所謂呀，但係唔可以裝我沖涼！
要裝，都唔係你四十幾歲先嚟裝啦係咪呀？
邊個男人搞佢，嗰晚你就幫我去砸佢！
你幫我睇實個女呀，

我唔砸男人㗎喎！
一係我砸你個女先？

係咪要我擺張五雷符出嚟？

當我冇講過⋯⋯

風車草劇團出品

原著故事	梁祖堯 阮韻珊
繪畫	ArYU
漫畫監製	肥佬 | 阿杜
漫畫顧問	FCP
美術協力	六榊 / Yedda / Yorkie / 熊人 / 阿門
助理	Lone / Kubi
設計	Nikkie
文字編輯	Walter @ 童創文化
出版及製作	格子有限公司
印刷	新藝域印刷製作有限公司 香港柴灣吉勝街45號勝景工業大廈4 樓A室
出版日期	2025年7月香港第一版(第一次印刷)
ISBN	978-988-70533-0-9